U0134277

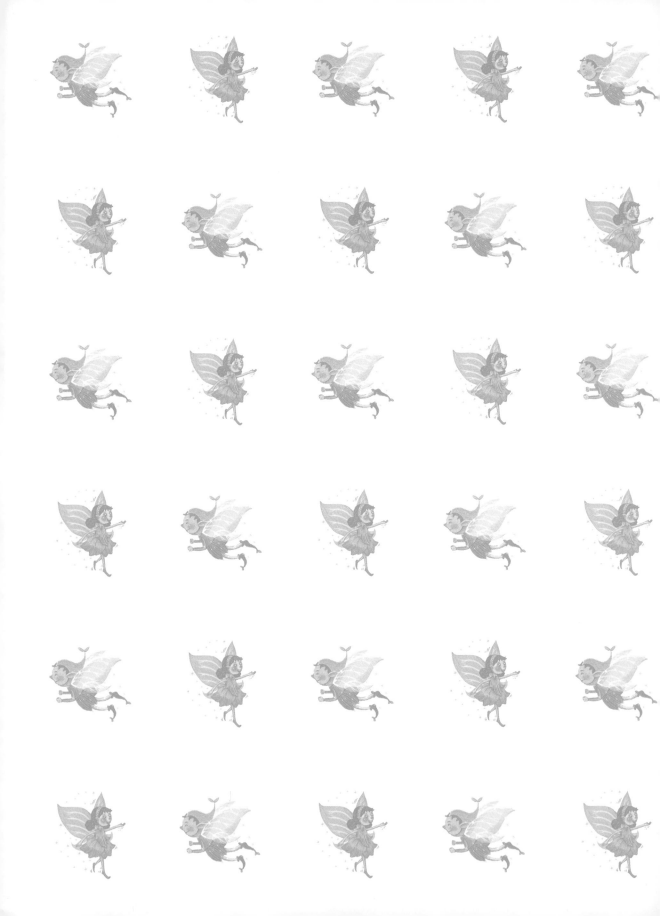

小飛仙美德-誠實

# 真假蠶寶寶

圖／鄭偉　文／曉玲叮噹

蘋果樹
圖書公司

**曉玲叮噹**

　　著名兒童文學作家，出版了《魔法小仙子》、《歡樂嘻哈鎮》、《非常成長書》等系列作品三十餘部，累計發行逾五百萬冊。多部作品被改編成動畫片及遊戲。
　　獲獎紀錄：
　　2006年冰心兒童圖書獎
　　2012年中宣部〈五個一工程〉圖書獎
　　2013年上海國際童書展〈金風車最佳童書獎〉
　　2014年中華優秀出版物獎

**鄭偉**

　　畢業於首都師範大學美術學院，現專注於繪本創作和童書插圖創作。喜歡安靜、喜歡宅、愛生活、愛幻想，希望為孩子們創作出更多優秀的圖畫作品。

小飛仙美德-誠實

# 真假蠶寶寶

作　　者：曉玲叮噹

繪　　者：鄭　偉

總　　編：鄭美玉

封面設計：邱琳鈞

出　　版：蘋果樹圖書有限公司

地　　址：九龍油塘草園街4號華順工業大廈5樓D室

電　　話：（852）3105 0250

傳　　真：（852）3105 0253

電　　郵：appletree@wtt-mail.com

發　　行：香港聯合書刊物流有限公司

地　　址：香港新界大埔汀麗路36號 中華商務印刷大廈3樓

電　　話：（852）2150 2100

傳　　真：（852）2407 3062

電　　郵：info@suplogistics.com.hk

版　　次：2018年11月 初版發行

港幣定價：30元

©2018 Ta Chien Publishing Co.,Ltd.

Copyright @ 2018 21st Century Publishing Group

香港版由台灣企鵝圖書有限公司授權出版

版權所有‧請勿翻印

ISBN 978-988-8452-13-2

Printed in Taiwan

比美大賽

仙子國和蝴蝶國之間每年都要舉行一場盛大的比美賽。

　　在上一年度的比美大賽上，小飛仙形象設計部設計了一款「七彩霞衣」，衣料採用的是天邊的晚霞。

　　小飛仙們美滋滋地穿着「七彩霞衣」去參賽，可是，就在他們亮相的那一刻，一陣大風吹來，七彩霞衣被大風扯得七零八落。

　　蝴蝶們都捂着肚子笑個不停，更誇張的是，有的蝴蝶竟然還笑暈了，大會組織者不得不派人進行現場急救。

小飛仙形象設計部的部長感到特別愧疚，主動辭去了職務。

新部長一上任，就發誓要為小飛仙們挽回美麗形象。

他上天入地，找到了一種生活在天上的蟲子，他給這種神奇的蟲子起名叫「蠶」。

牠愛吃甚麼呢？　該怎麼養牠呢？　我們有蠶寶寶了！

牠好可愛！

一開始，小飛仙們並不了解蠶愛吃甚麼東西，經過長時間的摸索，他們才給蠶寶寶找到了牠們愛吃的桑葉，蠶這才願意從天上搬到仙子國來。

用蠶兒吐出的絲織成的衣料柔柔的、滑滑的，由它縫出的衣服瀟灑又飄逸，只是有一點小小的遺憾：要想得到一條蠶，實在是太不容易了。

　　要想得到一條蠶寶寶，得在晚上打來一盆水，一些頑皮的星星會跳到水裏玩。

　　如果你不停地在水裏畫圈，星星轉昏了頭，就會從嘴裏吐出一條蠶來。

七條蠶寶寶吐出的絲才可以做出一件仙子的衣服。小飛仙形象設計部因此規定，每個小飛仙必須交七條蠶寶寶才可以參加比美賽。

　　在森林黑暗的角落，一名叫「兇巴巴」的惡巫婆也聽到這個消息，她暗暗笑着說：「機會終於來了！」

　　她拿出魔棒，從空中胡亂抓了幾隻蒼蠅在手，大聲地念起咒語：「變！變！變！蒼蠅變地蠶，樣子學天蠶，不吃蜜甜甜，專吃小仙仙。」

　　一股黑色的煙霧過後，那幾隻蒼蠅在地上扭動着，變成了白胖白胖的蟲子，那樣子看上去和蠶寶寶真的很像呢。

兇巴巴撿起那幾隻蟲子，臉上露出猙獰的笑容。

一彎新月升上了天空，星星們一個接一個從天幕後面跳出來。

小飛仙們趕緊忙活起來，他們把仙子棒伸進盆裏畫起圓圈，嘴裏不停地唱着歌謠。

星星們和着歌謠的節拍在水裏不停地轉着圈。

轉呀轉呀，過了好久好久，終於有一顆星星轉暈了頭，它嘴巴一張，吐出了一條白胖白胖的蟲子。

哈哈，這就是蠶寶寶。

爲了得到蠶寶寶，小飛仙們一整個晚上都在忙碌。

真是不容易呀！

第三天晚上，很多小飛仙都累得暈頭轉向，有的甚至唱着唱着一頭栽進水盆裏，惹得水中的星星哈哈大笑。

哈哈！

哎喲！

已經到後半夜了，可是星星們看起來還是那麼有精神，丁香仙子開始打瞌睡了。

「你好，小飛仙。」

丁香仙子揉揉眼睛問：「是誰？」

「是我。」那個聲音從丁香仙子身旁的草地上傳來。

丁香仙子一看，是條又白又胖的蟲子。

你是蠶寶寶嗎？

我是地蠶，和天蠶是親戚。

難道是蠶寶寶？丁香仙子不敢相信自己的眼睛。

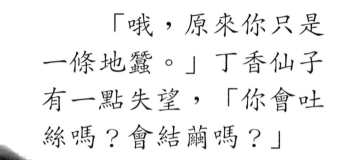

「哦，原來你只是一條地蠶。」丁香仙子有一點失望，「你會吐絲嗎？會結繭嗎？」

「雖然我不會那一套，但你也別失望呀，說不定我能幫上你的忙呢！

你辛苦了一夜能捉到幾條天蠶呢？最多一條！我給你出個好主意：你可以把我交上去充數！」地蠶小聲説。

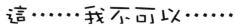
這⋯⋯我不可以⋯⋯

哎呀，真是
一個死腦筋！

丁香仙子搖搖頭。地蠶嘟囔着走了。

到了第九天，形象設計部的小飛仙來催丁香仙子：「別的小飛仙早就交齊了七條蠶寶寶，你還差一條。今天晚上你可要加把勁兒哦。」

這天夜裏，星星們格外有神，丁香仙子累得腰酸背痛也轉不出一條蠶寶寶。

這時候，那條地蠶又出現在丁香仙子面前，嘲笑着說：「呦，你還在這兒傻乎乎地忙活着呀！」丁香仙子抬起頭擦了擦汗，沒有理牠。

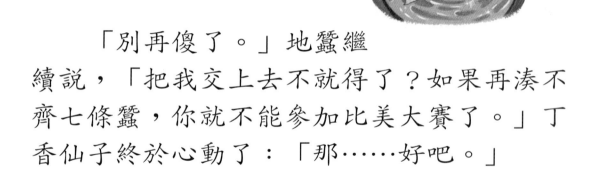

「別再傻了。」地蠶繼續說，「把我交上去不就得了？如果再湊不齊七條蠶，你就不能參加比美大賽了。」丁香仙子終於心動了：「那……好吧。」

　　第二天，丁香仙子把
那條地蠶交給了形象設計
部的小飛仙，小飛仙絲毫
沒有懷疑。

　　丁香仙子這才放下心
來，唱着歌飛回了家。

累了這麼多天，她一頭倒在花瓣牀上睡着了。

「丁香，丁香。」一個小飛仙搖醒她。

「聽說你參加比美大賽的資格被取消了！」
「為⋯⋯為甚麼？」

「啪！」一條地蠶突然出現在丁香仙子面前。

丁香仙子大喊一聲，睜開了眼睛。原來是一個夢！丁香仙子擦擦頭上的汗，再也無法入睡。

不要！

　　樹枝們交頭接耳
着，似乎在說：「她
撒了謊⋯⋯我們全都
看到了⋯⋯」

　　「無論如何，你都不應該採取欺騙的手
段。」丁香仙子聽見自己的心在說話，「你
騙得了別人，可是騙不了自己的心。」

丁香仙子飛到形象設計部，把自己做的事情老老實實地告訴了部長。

　　部長生氣地説：「如果別的仙子都像你一樣隨便弄個地蠶來充數，這個笑話可就鬧大了！」

丁香仙子低着頭，滿臉通紅。

我⋯⋯我錯了。

這事沒這麼簡單！

肯定有陰謀！

部長背着手走來走去，
緊緊皺着眉頭。

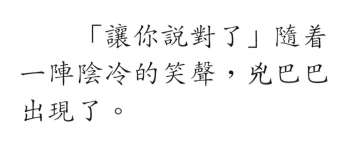

「讓你說對了」隨着一陣陰冷的笑聲，兇巴巴出現了。

她彈了彈手指，憑空變出了一條繩子，把部長和丁香仙子牢牢地捆在一起。

「絕對不能讓你們兩個壞了我的好事。」兇巴巴獰笑道：「過不了幾天你們兩個就會成為地老虎的美食啦！」

地老虎？

竟然不知道地老虎？就是地蠶呀，不是你親手把牠交到這兒的？記性可真差呀！

兒巴巴冷笑道：「那是我好不容易用魔法變出來的新品種——你們小飛仙的天敵！

這些天，你們好吃好喝地款待我的地老虎寶寶，等我的寶寶們從蛹裏爬出，變成長翅膀的地老虎，嘿嘿，到時候沒有一個小飛仙能逃出我的掌心，包括普靈王！你們全都會被地老虎吃掉！」

「恐怕地老虎們要失望了，因我的肉味道並不好。」一個聲音在兒巴巴的背後響起。

兀巴巴知道自己不是普靈王的對手，趕緊喊道：「速速隱形！」一股黑色煙霧「騰」地冒了出來，迅速旋轉着消失在空氣中。

第二天，當形象設計部部長宣布仙子國將不參加本屆比美賽的消息，小飛仙們都失望地嚷嚷起來：「爲甚麼爲甚麼？」

「看着我的眼睛！」普靈王說，「你們當中有誰可以告訴我，自己交的七條蠶寶寶全是真的？」

普靈王向大家講了兇巴巴的可怕陰謀，
小飛仙們都不好意思地低下了頭……

「今天我請了一位尊貴的客人來到我們仙子國。」

普靈王輕輕拍了拍手掌，花神莓朵從天而降，她的手裏還托着一粒金色的種子。

普靈王說：「在你們當中，只有一位小飛仙在做了傻事後，承認自己撒了謊。她用她的誠實救了自己，也挽救了我們仙子國。她就是——丁香仙子！」

「誠實應該得到最好的回報。」莓朵說，「這是美德花園的種子，種子開出的花朵以丁香的名字命名。小丁香，你想用甚麼顏色來打扮你的花朵呢？」

「我想想……」丁香仙子開心地說，「我喜歡粉紫色。」

莓朵微笑着對金色的種子吹了一口氣。它落到泥土裏，發芽、生長、開出了許多精緻的小小花朵，好像許多粉紫色的小蝴蝶簇擁在一起。

莓朵，我……我還有一個小小的請求。

　　「比美大賽是小飛仙們最盼望的盛會。大家已經認識到了自己的錯誤，能不能再給我們一次機會？」

小飛仙充滿期待地看着莓朵。

莓朵點點頭，笑道：「好吧，我去天上幫你們找蠶寶寶吧！」小飛仙都歡呼起來。

　　這一屆的比美大賽，小飛仙們穿着閃亮的絲質仙袍，以絕對的優勢打敗了蝴蝶，捧回了象徵美麗的捲心菜獎杯。

　　大家都打從心底感激誠實的丁香仙子。

　　丁香仙子現在可忙了！每天晚上，她都帶着許多小飛仙在空中飛來飛去，尋找那些誠實的人，往他們的耳朵、眼裏注入誠實的氣息。

　　　　擁有這種氣息的人，渾身散發着丁香花般的魅力。

　　　　每個人都信賴他，願意和他做朋友……

47

# 仙境花語

| | | | | | | | |
|---|---|---|---|---|---|---|---|
| 茉 | 莉 | 善 | 良 | 薔 | 薇 | 樂 | 觀 |
| 紫丁香 | | 誠實 | | 合 | 歡 | 團結 | |
| 玫 | 瑰 | 勇敢 | | 梔子花 | | 信任 | |
| 鬱金香 | | 謙遜 | | 金盞花 | | 感激 | |
| 羊 | 齒 | 勤勞 | | 百 | 合 | 禮貌 | |
| 風信子 | | 尊重 | | 三色菫 | | 認真 | |
| 蒲公英 | | 責任 | | 杜鵑花 | | 正直 | |
| 雛 | 菊 | 尊紀 | | 米 | 蘭 | 守信 | |
| 鳶 | 尾 | 寬容 | | 鈴 | 蘭 | 同情 | |
| 仙人掌 | | 毅力 | | 金銀花 | | 惜時 | |
| 水仙花 | | 善思 | | 牡 | 丹 | 自信 | |
| 太陽花 | | 忠誠 | | 木棉花 | | 正義 | |

| | | | | | | | |
|---|---|---|---|---|---|---|---|
| 矢車菊 | | 敬業 | | 絲石竹 | | 合作 | |
| 紫羅蘭 | | 分享 | | 瓜葉菊 | | 自立 | |
| 冬 | 青 | 堅強 | | 銀 | 蓮 | 執着 | |
| 石榴花 | | 無私 | | 木 | 槿 | 清廉 | |
| 勿忘我 | | 友善 | | 金 | 英 | 關愛 | |
| 迎春花 | | 守時 | | 綠 | 夢 | 自律 | |
| 留蘭香 | | 忍耐 | | 連 | 翹 | 純樸 | |
| 紫 | 薇 | 仁慈 | | 銀 | 柳 | 勤奮 | |
| 凌 | 霄 | 幫助 | | 繡球花 | | 節儉 | |
| 蜀 | 葵 | 堅韌 | | 海棠花 | | 慷慨 | |
| 扶 | 桑 | 奉獻 | | 馬櫻丹 | | 敦厚 | |
| 君子蘭 | | 真誠 | | 芙 | 蓉 | 豁達 | |
| 香雪球 | | 溫和 | | 芍 | 藥 | 自省 | |